Alfred Guéronnière

Place au droit

Antigonos

Alfred Guéronnière

Place au droit

Réimpression inchangée de l'édition originale de 1871.

1ère édition 2024 | ISBN: 978-3-38814-536-5

Antigonos Verlag est une marque de Outlook Verlagsgesellschaft mbH.

Verlag (Éditeur): Outlook Verlag GmbH, Zeilweg 44, 60439 Frankfurt, Deutschland, info@outlook-verlag.de
Vertretungsberechtigt (Représentant autorisé): E. Roepke, Zeilweg 44, 60439 Frankfurt, Deutschland
Druck (Imprimerie): Libri Plureos GmbH, Friedensallee 273, 22763 Hamburg, Deutschland

PLACE AU DROIT

PAR LE

COMTE ALFRED DE LA GUÉRONNIÈRE.

> Plus grand est le péril, plus grand est le
> courage de dire la vérité.
>
> Tacite

Prix : Un Franc.

BRUXELLES

CH. et A. VANDERAUWERA, ÉDITEURS
rue de la Sablonnière, 8.

1871.

PRÉFACE.

Les circonstances sont suprêmes, la nation vient de traverser les plus terribles épreuves, sans exemple dans l'histoire.

Sur la route, jonchée de cadavres et de ruines, le peuple français et l'Europe peuvent voir où mènent les usurpations, les révolutions ; il sait ce qu'il en coûte pour rompre avec les souvenirs du passé, les traditions de l'expérience, les principes constitutifs de toute société.

Les charlatans de mensonge ont fait leur temps ; mais, à leur suite, vient une génération dégénérée : au lieu de rentrer franchement dans la voie normale, rationnelle et morale, il ne manque pas de faux amis, de timorés, d'endormeurs, venant prêcher que le bien, tel qu'on peut le désirer, n'est plus de saison, qu'il est bon d'éviter l'excès du mal, qu'il faut composer avec lui. De concession en capitulation, on arrive, transfuge misérable ! à adopter la politique des misérables.

M. Thiers, nonobstant le dénûment où il a pris la direction des affaires, a trouvé le moyen de faire des miracles. C'est donc l'heure de regarder la situation en face et de rechercher les moyens d'éviter les précipices dont est bordée la république.

Elle a malheureusement servi de prétexte et de machine de destruction à tous les perturbateurs, communistes, démagogues de tous les degrés, du passé et de l'avenir.

On n'a cessé de signaler le cynisme de l'opiniâtre ambition bonapartiste.

Elle s'agite dans l'ombre, elle guette les malheurs, les embarras, elle impute à tort la générosité, la clémence dont elle profite.

Hier c'était M. Rouher qui écrivait une lettre à faire regretter à M. Thiers son libéralisme toujours indulgent. L'illustre homme d'État, sauveur de la France, non par l'arbitraire, mais par les libertés constitutionnelles, est au-dessus de toutes les calomnies.

On peut le répéter, chaque jour apporte un fruit pourri de cette politique sans but et sans plan, qui, pendant 20 ans, a présidé à nos destinées (1). Ainsi se montrent, l'un après l'autre, les résultats de l'Empire.

(1) Une anecdote servira à montrer les affinités des révolutionnaires et des bonapartistes. Il s'agit de M. Levert, préfet fort dans la faveur du Palais-Royal. Sous la mascarade de l'ordre Impérial, chamarré de croix, il professait le jacobinisme. Lorsqu'il était préfet de la Vienne, de ce Poitou qui compte beaucoup de ma-

En face de la peste de la race corse, dont les intrigues sont servies par les centaines de millions dérobés, et par l'hypocrisie la plus raffinée, qui ne voit les nouveaux malheurs que récèle l'avenir ? Ils reviendront si la France n'est pas garantie par le retour de sa dynastie séculaire, ayant pour garde d'honneur les libertés constitutionnelles, les franchises municipales, les droits de la liberté individuelle que les usurpations et les révolutions anéantissent fatalement.

Voilà pourquoi il faut s'écrier tous ensemble :

« Ni bonapartisme, ni radicalisme : ils produisent l'arbitraire, le deuil, la ruine. »

Peu de temps se passera, sans qu'à l'horreur des ruines, des monstruosités de l'empereur et de la république communiste, le peuple ne révendique et n'acclame le principe qui a fait la carte de France, au dire d'Armand Carrel.

Nous résumons ainsi ce qu'il faut : **l'union dans le droit.**

noirs, lambeaux territoriaux qui ont survécu aux grandes propriétés, faisant une tournée de révision et ne pouvant avoir raison des fils des Croisés pour les votes serviles du bonapartiste, il avait le naïf cynisme de s'écrier en présence d'un brave général, qui en fut indigné :

« Encore un 93 pour en finir avec ces hommes et leurs possessions. »

Voici, cependant, les dignes auxquels on remettait la garde du troupeau ; c'étaient les loups déguisés en bergers.

I

Autrefois. — Aujourd'hui.

Peuple, regarde ce qu'ils ont fait de toi : la radieuse France, devenue une vallée de larmes, n'a plus qu'à multiplier les cimetières.

Le Prussien, provoqué par un double usurpateur de l'hérédité royale et du droit populaire, a ravagé, a requis, a frappé.

C'était le triste droit de la guerre.

Mais aujourd'hui !

C'est de ton sein que surgissent les plus impitoyables ennemis.

L'Europe regarde avec un sentiment qui lasse la pitié et fait rebondir l'indignation.

A-t-on jamais vu un pareil déluge de désastres ?

Les mères pleurent leurs enfants, les femmes leurs maris.

L'ouvrier est sans travail, le laboureur, devant sa terre en friche et son bétail ravi, se désole.

La famine a pris possession des maisons, des villages et des villes que la guerre n'a pas encore détruits.

II

La piraterie des partageux..

Dilapidateurs, inventeurs de toutes ces constitutions de mort et de ces théories que promulgue la Commune, voyez donc les ruines que vous faites.

Plus funestes que les sauterelles d'Égypte, elles feront retentir sur toute la terre le tocsin des malédictions.

Les réquisitions qui ont commencé à Paris s'étendent déjà à la banlieue.

Hier, des boulangers et des bouchers de Boulogne se sont vus forcés de délivrer leur marchandise à des gardes nationaux *adhérents* au Comité central, et ont été payés avec des *bons* signés d'un nom parfaitement inconnu.

Est-ce avec cette monnaie-là que ces commerçants payeront leurs écrasantes patentes ?

C'est que les citoyens Assy, Cluseret, Bergeret, Henri, Gagne, Babie, Avoine fils, Arrial, Maljourna, Duval, Gerême, Varlin, Thirard, Loiseau-Pinson, Boursier, Flourens, Vermorel, Delescluze, Tridon, Lefrançais, Arnould, Gambon, Henry sont venus, comme les démons de la démagogie, offrir au peuple tous les mirages des plus grossières tentations.

La fin inévitable c'est la servitude et la ruine de tous pour le crime de quelques-uns.

Alors que de désespoirs, que de grincements de dents, de hurlements quand la vérité apparaîtra accablante et vengeresse : mais il sera trop tard. Vainement l'anathème s'attachera au bourreau, il n'en aura pas moins accompli son œuvre de mort.

Voilà où aura conduit la peur qui affole les uns, qui aveugle les autres, entraînant tout le monde hors de sa voie.

On dirait qu'un vertige subit a saisi les plus sages; tous vont à *vau l'eau*, au hasard, à l'aventure, sans entrevoir le but.

III

Le comité de salut public.

Ainsi la nation, à peine échappée à la famine, à la guerre et à la peste, tombe entre les mains d'utopistes implacables qui vont tout lui ôter.

La veuve et l'orphelin, le riche et le pauvre ; le peuple entier est la proie de 40 parvenus.

Paris se trouve donc avoir livré à quarante chefs de bande, son patrimoine, sa richesse nationale.

Quels êtres ! grand Dieu ! Quels noirs antécédents ! les uns, conspirateurs chroniques, mauvais plagiaires de 93; d'autres plus audacieux sont sortis des officines de l'INTERNATIONALE, cette vaste association, qui, s'il lui est donné de poursuivre son cours infernal, fera des rois et

des peuples, des républiques et des monar-
chies, un vaste monceau de ruines.

Voyez donc ces hommes !

L'horloger des montres détraquées Thirard,
le relieur à *peau de chagrin* Varlin, le teintu-
rier des robes de deuil (le temps y est) Loiseau-
Pinson ; leur chef, le Satan du Creuzot, Assy !

Puis viennent :

Le nouveau ministre des affaires étrangères
Boursier, débitant de petits verres, rue du
Temple, 36 ;

Le ministre de la justice, un coupe-jarret
quelconque ;

Le ministre de l'intérieur, exploitateur d'un
petit lavoir à la Villette, qui peut prendre pour
armoiries parlantes une guenille rouge, pour
supports, non les deux maures du Cid, mais
deux squelettes des victimes de la place Vendôme, et pour devise : *il faut laver son linge
sale en famille.*

Si ces citoyens ne peuvent apporter des
traités glorieux, s'ils ne peuvent rédimer le sol,
comme le duc de Richelieu sous la Restaura-
tion, de l'occupation prussienne qu'ils ramènent

plus défiante ; s'ils ne peuvent apporter une obole de liberté, de services, en revanche ils chargent outre mesure le passif si accablant de nos désastres.

Le plus terrifiant arbitraire, la spoliation, le vol organisé sous le nom de réquisition règnent en maîtres.

Les caisses publiques enlevées, la maison de M. de Rothschild, ce réservoir du crédit de l'univers, cette grande commandite des rois et des affaires européennes, est mise à sac par ces gredins, par ces apôtres du pillage le plus éhonté, exécuteurs des meurtres les plus lâches.

Tout devient leur proie, ils peuvent former leur garde prétorienne, y mettre les bandits émérites du crime ; hélas ! ils n'arrêteront pas la misère, cortége innombrable, d'où s'échappera l'anathème toujours grossissant. Alors suivant la pratique éternelle des révolutionnaires usurpateurs, l'échafaud fera raison des opposants.

Mais ils auront beau faire, nul n'échappe au destin infaillible de l'expiation ; les *sombres* exécutions de la place Vendôme, le sang des généraux versé à Belleville, tout crie :« Malheur à vous! malheur à la nation qui vous subira! »

Voilà les œuvres des maîtres affreux; princes de la Commune, ils ne s'attaquent pas moins aux racines de la république honnête qu'à celles de la monarchie libérale; ils jettent au même panier, les élus du suffrage universel et les élus du droit royal.

Voici le tour du citoyen Vaillant, il n'y va pas de main-morte; on ne saurait mieux le comparer pour l'application du régicide qu'au sinistre géolier du dauphin, Simon; ils doivent être cousins, autrement ce serait à croire aux métempsycoses diaboliques.

On va en juger.

C'est le régicide devenant la morale du monde.

Telle est la doctrine avec laquelle la nouvelle Commune de Paris entend réaliser son programme.

Jamais le crime ne s'est étalé dans ce cynisme de franchise.

IV

Le conseil des Six et la terreur.

La république c'est le droit divin, la mort est
son ministre et cependant, comme si les membres de la Commune étaient suspects de modé-
ration, il y a derrière eux un sous-comité, un
conseil des Six : à sa tête se trouve Blanqui,
l'âme de toute la conspiration, le chef de la
piraterie sociale; autour de lui se groupent
Félix Pyat, Delescluze, Flourens, Vermorel,
Assy. Ce dernier seulement figure dans le
comité central qui n'est qu'une dépendance de
la charbonnerie occulte.

Ce conseil des *Six* tient le pouvoir dans ses
mains, il exerce son contrôle, et, s'il est néces-
saire, fait de sa souveraine autorité, le ressort

qui dirige les marionnettes du conseil communal.

Ceux-ci ne sont que des instruments dans les mains de quelques despotes, gouvernés eux-mêmes par de pires tyrans. Avant de se dissoudre, le comité central a voté pour la forme, l'institution de ce conseil secret; c'est, autrement dit, le sous-comité qui a décrété la formation de vingt-cinq bataillons, de vingt batteries d'artillerie, de quinze batteries de mitrailleuses. Les gardes-nationaux reçoivent fr. 2-50 par jour; ils sont ainsi transformés en jannissaires de la démagogie.

Mais ce qui est fondé sur l'injustice et le crime a un lien bien fragile; déjà les dissensions intérieures sont apparentes; on sait comment le fougueux Lullier a jeté une chaise à la tête d'Assy.

Les généraux ont été destitués pour être remplacés par des braillards de clubs, etc.

V

Les hommes d'État du bagne.

Déjà les premiers forbans se voient distancés par des écumeurs plus dangereux encore, gens sans aveu.

N'ayant rien à perdre, tout à gagner, ils veulent perpétuer le gachis, l'accroître même. Leur unique but est de pêcher en eau trouble, au milieu de l'effervescence générale : l'occasion est belle de satisfaire leur convoitise personnelle, d'assouvir leurs passions et de donner libre cours à leur vengeance.

Le journal officiel de la fédération républicaine avoue lui-même que de nombreux repris de justice sont rentrés à Paris; toujours est-il qu'il n'est pas besoin de ces échappés du bagne pour en apprendre et pratiquer la morale ; ce ne sont pas ces derniers qui ont assassiné les généraux Lecomte et Thomas, qui ont tiré les premiers coups de feu sur la place Vendôme, qui ont pillé l'hôtel Rothschild ; ce sont bien les soldats attitrés de la Commune avec l'assentiment de leurs chefs.

Tuer, piller, voilà leur devise et leur besoin.

Rien ne manque en faits de mesures oppressives et de menaces pour l'avenir ; on vient de rétablir la loi des suspects (1).

Que l'on ne s'étonne donc pas, si chacun se demande à l'étranger comment la France, à peine rendue à elle-même, est prise d'aveuglement et de rage au point de se déchirer de ses propres mains ?

(1) *Les Suspects*. — Nous avons lu ce matin la déclaration suivante, affichée sur les murs du boulevard Clichy :

« Le délégué du comité central, chargé de l'administration du 18e arrondissement (Montmartre), informe le public que quatre commissaires (les nommés Schneider, Burlot, Dioncourt et Lemoussu), sont institués pour recevoir les dénonciations contre les citoyens suspects de complicité avec le gouvernement, de guet-apens et de trahison qui est venu échouer aux buttes Montmartre.

VI

Les fautes appellent les fautes, comme l'abîme appelle l'abîme.

M. Gambetta a commencé la série des fautes que chaque jour n'a fait qu'agrandir. Au surplus, le peuple français doit lui-même faire son *mea culpa*, car, enfin, au moment où il s'agit de le relever de ses ruines et d'en prévenir de nouvelles, quel usage fait-il du suffrage universel? Il le verse au sein de toutes les exagérations furieuses des villes, où il l'annule dans l'obscurantisme du choix des campagnes.

Oubliant les capacités et les caractères reconnus, le suffrage universel s'est laissé égarer trop souvent par l'intrigue et la médiocrité.

Ceci rappelle le dicton :

« Comme on fait son lit, on se couche. »

Il fallait un académicien ce fut un maçon qui l'obtint.

Là se trouve l'à-propos de ces paroles :

« Qu'a donc fait ce peuple pour que tant de maux retombent sur lui? »

Le prophète des Saintes Élégies répond :

« C'est parce qu'il a abandonné l'alliance du Seigneur, les vrais pasteurs qu'il a crucifiés et bannis, la race royale à laquelle se liait sa gloire et son salut. »

La route des révolutions est le chemin glissant enveloppé de ténèbres où tous viennent tomber à des distances inégales.

Quelle histoire lugubre, dramatique, ces chutes fourniraient à la parole divine d'un Bossuet, à la plume magique d'un Lamartine !

VII

Les sages et vertueux ministres honnis, la race des princes bannie, l'exclusion systématique, consacrée par l'ignorance, des hommes qui ne se courbent pas devant la tyrannie ou ne se déshonorent pas dans le cynisme révolutionnaire, que reste-il? — On le voit.

Ah! peuple, tu es cependant assez éprouvé pour te défier de ces langues d'aspic qui distillent le venin !

Finis-en avec eux si tu ne veux pas que cette France, jadis si florissante, ne devienne un désert affreux, un lieu d'épouvante pour ceux qui la verront.

N'y a-t-il pas eu assez de carnage, assez de dévastation ?

Les principes sans lesquels on peut bien trouver un peuple sans rencontrer une nation, oubliés ou méconnus, qu'est-il advenu ?

Ils ont triomphé les méchants, les ambitieux, les intrigants d'aventure, les Napoléon et leurs complices. Aujourd'hui c'est le tour des Assy, des Amouroux, il y a quelques mois ouvrier chapelier et placier à Bruxelles.

Tels que ces tourbillons qui dévastent les régions qu'ils parcourent, ainsi ces hommes ruinent le pays où ils posent leur pouvoir.

Il y a quelque chose de pire que la colère des Attila : elle se laisse quelquefois apaiser par les Ste-Geneviève et les St-Léon : mais qui désarme la fureur d'un Marat, qui peut ramener aux sentiments d'humanité ces législateurs de la Commune, ces juges iniques qui fusillent ceux qui défendaient hier la patrie.

Il faut donc mettre un terme à ces épreuves où tour-à-tour, la France a été la proie des erreurs, de l'ambition cupide, de l'épouvante semée par la dictature militaire ou révolutionnaire. Il faut en finir avec les scélérats comme avec les intrigants.

Il faut en finir avec les tromperies, les abominations d'une bande d'exploiteurs, qui, en ce moment, jettent le défi à Dieu et à la société.

Ils prétendent abolir les lois, la propriété, la famille : le réquisitoire d'une main, la condamnation à mort de l'autre, les pieds dans le sang : ils seraient les fléaux du genre humain.

Les démocraties comme les royautés, les républicains de bonne foi et les fiers conquérants comme Guillaume, condamnés par ces furieux, n'auraient plus qu'à tomber dans le gouffre ouvert par la folie du crime.

Hommes de malheur !

Rentrez dans la caverne où s'élaborent vos noires conspirations.

Il ne faut attendre de vous ni repentir, ni conversion : vous avez accumulé trop de ruines, vous n'osez les contempler à la lumière de votre conscience comme l'homme de Sedan : plus coupables encore, vous mourrez dans l'impénitence finale !

Toutes les variétés de l'école révolutionnaire se piqueront-elles d'émulation dans la distribution des prix que l'enfer laisse entrevoir à ses suppôts ?

Gambetta, le dictateur, qu'a-t-il fait, si ce n'est de promener au front des armées sa présomption fatale aux soldats, aux généraux, à la France ?

Le mal s'est donc manifesté dans la désorganisation sociale que les folles théories et les hommes de la révolution ont amenée.

VIII

Au surplus, le mouvement de la Commune, si on n'en interrompt le cours, doit aboutir à l'asservissement des campagnes. Ces nouveaux maîtres, pleins de mépris pour ce qu'ils appellent la rusticité, ne dissimulent pas leur dédain. Ainsi, chose étrange ! affranchis par Louis-le-Gros et les rois ses successeurs, par Louis XVI qui a détruit les derniers vestiges de la féodalité en abolissant la *glèbe*, les *dîmes*, les *rentes*, les paysans reviendraient au servage, au profit des pires seigneurs, des rapaces vautours de la démagogie.

Consentirez-vous à ce que les affamés de Belleville, les accapareurs, sous d'extravagantes théories, s'emparent des fruits, conquête de vos rudes labeurs, fassent ripaille, fortune à vos dépens? Ce serait encourager les assassins des généraux et des citoyens inoffensifs, à ramener vos enfants à d'inutiles et meurtrières guerres que leur folie furieuse ne peut manquer de provoquer.

Ils prennent le masque de l'austerité pour donner le change. Ils semblent des Aristide avec leur journée à un franc cinquante centimes.

Cela fait bien ; il n'y a qu'un malheur, c'est que les caisses publiques, toute la fortune de la France, concentrées dans Paris, soient à leur discrétion. Quelles prouesses comme le bagne n'en a jamais connues, n'ont-ils pas faites déjà? C'est que le voleur n'attend pas le nombre des années.

La passion du vol, avec l'incubation révolutionnaire, produit la génération spontanée des déprédateurs géants.

Vainement les grands maîtres de *la pillardise,* en abusant le peuple par leurs fallacieuses promesses, prendraient-ils à partie les million-

naires, qui, d'ailleurs, n'abondent pas, draînas-
sent-ils la Banque et les grandes sociétés, qui
doivent rester inviolables sous la sauvegarde
de la bonne foi, autrement une nation fait la
piraterie continentale; eh bien! tous ces acca-
parements, fussent-ils grossis des fortunes par-
ticulières, ne suffiraient pas.

Pour combler les abîmes que la Commune est
en train de creuser à la société et à ses richesses, les réquisitions de ces millions une fois
effectueés si c'est possible, on peut d'avance
prédire leur sort; ils seront pillés, dévorés,
anéantis par ces luxurieux de la *guenille*. On
tarit la bienfaisante commandite du travail :
le superflu du riche devient l'aliment du
pauvre, lui rentre par mille fois. Supprimez
la richesse, l'hérédité, la propriété, il reste la
misère commune et les ressources des antro-
pophages.

Est-ce que les symptômes, les signes infail-
libles de cet avenir ne sont pas visibles à tous?

Les agents de change ne reçoivent plus
d'*ordres*; ils n'ont qu'à se promener dans leur
corbeille.

Les manufactures sont fermées, les industries gémissent et n'ont plus l'espérance qui restait au fond de la boîte de Pandore.

Les boutiques sont closes. Les travailleurs n'ont plus de chantiers.

Les employés n'ont plus qu'à aller chercher leur traitement sur le pavé des barricades.

La rue de la Paix a la tristesse d'un cimetière et les boulevards l'aspect lugubre de Pompéï.

On a tenté de faire diversion à cet aspect par une fête; la *rouge* a célébré son triomphe.

C'est qu'elle n'avait pas osé laisser découverte la statue du roi Henri IV, qui voulait le bonheur de tous ses sujets, tandis que les *rioters de cette mob*, c'est-à-dire les émeutiers, chefs de la canaille, sont en belle voie pour consommer la ruine de la France, en lui croquant la chair et en brisant ses os.

Il faut le reconnaître, tant d'épreuves, de révolutions, de désastres ont mis la nation hors d'elle-même. Ce qu'il lui faut aujourd'hui ce ne sont pas les programmes. Arrière les théories incendiaires des hommes de sang, qui puisent leur audace dans le discrédit qui les frappe, dans l'horreur qu'ils inspirent !

Après leurs défaites, il faut que la société retrouve pour s'asseoir et se restaurer la base d'un principe, le couronnement du caractère.

Certes, la république, acceptée par tous, n'a pas eu de pire ennemi que ceux qui se sont arrogé le pouvoir. Depuis, la prise de possession des communistes lui a porté un coup mortel. Au lieu de l'organisation appelée par les honnêtes gens, on a eu la désorganisation des révolutionnaires, ces conspirateurs éternels, ces monomanes féroces, dont le seul but est la destruction de tous les liens et de tous les droits.

IX

La ruine générale.

Toutes les fabriques, sources intarissables de la vie et du bien-être du peuple, sont désertes; ceux qui y trouvaient le pain de leur famille montent la garde aux barricades.

Quand on songe que le commerce de Paris qui a produit, en 1869, deux milliards cinq cent millions est maintenant réduit à néant, (la propriété à Paris est déjà au dixième de sa valeur, elle ne rapporte aucun revenu) n'y a-t-il pas de quoi crier : malédiction aux misérables embaucheurs d'un peuple qu'ils ruinent et sur lequel ils appellent les foudres que présage la menace de M. de Bismarck?

Voilà ce qu'a fait la Commune de Paris. Satan

lui-même pouvait-il inventer une plus effroyable confusion?

C'est donc l'organisation du pillage, la saisie de toutes les ressources publiques, la confiscation de toutes les propriétés privées.

Si la Commune existe quelque temps encore, Paris, avec tout ce que cette immense ville renferme de richesses appartenant à l'univers, est entraîné dans une ruine complète.

Par un nouveau procédé qu'on pourrait appeler vol perfectionné, ils détournent l'argent et le remplacent par des chiffons de papier ayant cours forcé.

Cette situation étrange se résume dans une anecdote.

Un Anglais entre chez son coiffeur, qui, d'abord plein d'enthousiasme, portait l'emblème de la Commune en chantant ses louanges, avec la loquacité des hommes de son métier. Tel était jadis le citoyen Blanchet dont ses confrères ne peuvent comprendre la grandeur après avoir constaté son imbécilité.

L'insulaire dit au figaro de Paris : avez-vous entendu le rappel? êtes-vous de ceux qui vont attaquer Versailles?

— Non, monsieur, répondit-il, je ne suis pas si fou; que ces enragés y aillent et le plus tôt que finira la Commune sera le mieux.

— Sans doute ils désarmeront les récalcitrants, ce sera la meilleure recommandation que ces derniers puissent avoir auprès du futur gouvernement qui nous rendra nos armes; mais que disent les journaux étrangers de cette situation ?

— Que la moitié de Paris est fou, et l'autre frappée de stupeur.

— C'est vrai, répond le *frater*; il faut que la bourgeoisie ait perdu tout respect d'elle-même pour avoir permis à Paris de tomber dans les mains d'une bande de maraudeurs, conduite par des agitateurs dont les actes sont le coup de grâce de la République.

Notre seul espoir est maintenant que les Prussiens ou Badinguet arrivent et restaurent l'ordre avant que nous soyons tous ruinés.

Nous gouverner nous-mêmes est hors de notre pouvoir. —

Celui qui raconte ce fait, ajoute qu'il est évident que l'impopularité de Napoléon III diminue devant de pareils excès.

X

Rapprochement. Lamartine-Thiers.

En 1848, le loyal M. de Lamartine, incapable
de forfaire, eut établi la république, compro-
mise et finalement tuée par les extravagantes
théories des républicains de la veille et les
journées de juin.

De même M. Thiers, incapable de violer le
dépôt confié à sa probité et à sa haute expérience, était l'homme de France le plus propre
à lui donner une constitution normale établie
sur la base des principes qui sont l'essence de
toute forme de gouvernement. Mais la première
et indispensable condition, c'était que la
nation, à peine sortie d'une guerre effroyable
où l'avait plongée l'impéritie de Napoléon III,
ne devint la proie des dissensions dont la répu-

blique sera tenue pour responsable ; tel est le cours inévitable des choses, l'histoire démontre qu'on ne refait pas l'humanité.

Les républicains tenant la *pie au nid*, il leur suffisait de ne pas lui briser les ailes et lui tordre le cou ; mais la raison a-t-elle jamais eu droit d'audience auprès des fous? (On a beau savonner un nègre, il garde toujours sa couleur africaine), de même on ne fera jamais d'un révolutionnaire, communiste anarchiste, un homme d'ordre, de liberté, de fraternité.

XI

Le bonapartisme et la démagogie.

Les malheurs de la France viennent du bonapartisme honni : le grand coupable, qui a préparé à notre pays tous ses malheurs, s'acharne cependant à poursuivre sa victime ; plus il la voit pantelante sous le poids des difficultés qu'il lui a léguées, plus il espère surprendre sa réhabilitation à l'ignorance des uns, au découragement des autres.

On ne peut se le dissimuler, les républicains de Belleville et de Montmartre ont tué la République.

Une mère, qui produit de pareils monstres, ne peut inspirer de sympathie et de confiance.

Comment la déconsidération, l'indignation même, ne se dresserait-elle pas contre un système que Paris nous montre, soutenu par 30,000 forçats d'un côté, des agents bonapartistes innombrables de l'autre, et enfin une troupe de gens sans aveu et sans ressources, l'écume d'une nation, l'horreur de l'Europe!

C'est pour de pareilles gens que la Commune est bienvenue.

Aussi a-t-elle commencé par abolir théoriquement et matériellement les principes des lois et les pratiques de la justice.

Déjà on a frappé la propriété d'un coup mortel en remettant aux uns leurs loyers, en réquisitionnant les autres, en pillant et en dérobant les propriétés publiques et privées.

Ceci est monstrueux et ce n'est pas tout ; en ce qui concerne le droit des personnes, que n'ont-ils pas fait?

Ils ont emprisonné et tué des généraux, des particuliers, leurs propres associés et amis.

Ils ont supprimé les journaux, saisi les lettres, de même que les sommes appartenant aux compagnies d'assurances et aux chemins de fer; ils se sont emparés des trésors de la Banque, de la caisse de l'hôtel de ville, même de ce qui est sacré, les dons qu'envoyait l'Angleterre aux malheureux Français, victimes de la guerre.

Est-ce assez de méfaits?

Non, on en trame encore de nouveaux, plus terribles s'il est possible. Il s'agit de tout bouleverser par les assignats, par des prises de possession, des extorsions à main armée, des vols décrétés, qui, sous prétexte de secourir le peuple, restent dans les mains des déprédateurs qui le trompent et l'exploitent.

Certes, si une pareille horde pouvait garder l'affreux pouvoir qu'elle exerce par la terreur, les églises, les bois de l'État, les propriétés des communes, des particuliers, les capitaux sous toutes les formes, les richesses artistiques, les musées, le travail, l'industrie, la fabrique, l'échoppe, tout serait absorbé, tout serait condamné à mourir.

Est-ce que déjà les signes de cet affreux avenir ne sont pas visibles à tous?

XII

M. Rouher et M. Ganesco.

L'Empire a prématuré le fruit révolutionnaire. Le malheur des nations livrées au suffrage universel, c'est que les masses incapables de remonter à la cause, se laissent démoraliser par les effets; mais ce ne sont pas seulement des ignorants du peuple, c'est encore un grand nombre de lettrés et de bourgeois corrompus qui n'ont su ni voir ni comprendre la connexité qui existe entre les révolutionnaires de toutes les catégories, entre Bonaparte et Assy, les décembristes et les membres de l'*Internationale*, entre les agents bonapartistes et les bandits qui confondent république avec anarchie, liberté avec licence.

Napoléon III envoyait sans jugement, exécutait, proscrivait des milliers de citoyens : il trouvait des juges, qui, pour une croix, violaient l'humanité; ils frayaient la route à la Commune qui brise les chaînes de Toulon et de Mazas; despotiques les uns, anarchiques les autres : ils sont également le fléau de la société (¹).

L'auteur de cet écrit a été témoin des menées indignes, à la grève du Creusot.

Déjà des journaux ont éventé les rapports mystérieux qui existaient entre M. Rouher et Ganesco, le missionnaire de la démagogie bonapartiste.

Il est très vrai que le *Parlement*, rédigé par l'amusant Valaque, recevait le mot d'ordre du Luxembourg. M. Schneider n'a pas eu à s'en louer.

(1) « De même que, dans le cours inaltérable des choses, tout élément discordant est éliminé et rien de ce qui est contre l'équilibre ne pourrait prévaloir, de même, dans la société, tout objet de trouble dans l'ordre moral, tout obstacle à la réalisation de l'idéal de justice que poursuit la révolution doit être brisé.

La société n'a qu'un devoir envers les princes : la mort. Elle n'est tenue qu'à une formalité : la constatation. »

(*Déclaration d'un membre de la Commune.*)

Pour expliquer ces menées, il ne faut pas oublier que M. Rouher était Auvergnat, il en avait la dissimulation comme l'âpreté.

Arrêté l'autre jour, sur le soupçon qu'autorisaient ses antécédents et les trames bonapartistes, il a été remis en liberté par ordre du libéral et sage M. Thiers sous le gouvernement duquel la violence ne peut être légalisée.

Qu'on oppose ce libéralisme vrai aux simagrées ridicules de celui de l'Empire et aux atrocités de l'aimable Commune!

Si on ne les condamne pas, c'est l'aveuglement de l'implacable esprit de parti.

XIII

Le prix du sang. — Les Judas.

La noble nation de Saint-Louis, de Henri IV, de Louis XIV, rédimée par les Bourbons en 1814 et 1815, râle, agonise, se meurt; tout est menace pour elle, beaucoup de ses enfants sont frappés de stupeur. Quelques hommes seulement récoltent le fruit de l'oppression et du désordre; ils pêchent en eau trouble. Alors du sein de ces désespoirs, formant un chœur d'une lugubre confusion, se distinguent cependant des voix consolatrices; elles disent : espérez, sachez reconnaître la route: écartez les faux prophètes; croyez les justes et vous serez sauvés !

Mais pas un jour de retard, la vague socialiste monte à chaque minute, toujours plus menaçante.

Vous, habitants des campagnes, hommes de paix, qui aimez vos champs, ne croyez pas que les doctrinaires de sang et leurs âmes de boue puissent vous en laisser la paisible possession. Ne voyez-vous pas déjà, jetant sur la chaumière elle-même un regard d'envie, les *partageux* jaloux de prendre votre place ?

Vous ne voulez pas que vos enfants soient lancés de nouveau dans ces terribles guerres dont l'insurrection triomphante de la Commune serait le prélude dans vos provinces.

Est-ce que l'Europe, la Prusse pour sa créance, les chefs d'État, Guillaume en tête, laisseront ces énergumènes les insulter, les menacer, mettre en péril leur existence? Ils se coaliseraient; la Russie viendrait joindre s'il le faut ses nombreux bataillons à ces terribles armées allemandes.

Où sont les alliés de ces brigands qui, commençant par vous ruiner, vous feraient égorger et s'en iraient à l'étranger jouir des millions qu'ils vous auront dérobés? A ce sujet, le bruit est généralement accrédité à Bruxelles, que le citoyen Assy s'est adjugé le refuge d'un million. (¹).

Il vous resterait la misère, le deuil, dans l'obligation d'ajouter d'autres milliards aux neuf milliards que vous valent Napoléon, Gambetta. Cependant dupes dociles, vous les avez acclamés vos sauveurs pour qu'ils vous dévorassent !

(1) Ce qui donne créance à ce bruit, c'est le défaut de compte-rendu pour les 20 millions dérobés à l'Hôtel de Ville et appartenant aux obligataires.

Ils ont trouvé le moyen de battre monnaie en mettant les scellés sur les sommes énormes qui appartenaient aux cinq grandes compagnies d'assurances.

La Banque de France, ce fleuve de la richesse nationale, est à leur merci ; ils y ont déjà puisé : pour peu que dure leur occupation, ils la mettront à sec, ils tariraient l'Océan. Jamais ces principes des brigands ne s'étaient affichés de cette façon. Cartouche, Mandrin, Tropman, si vous étiez encore de ce monde, ce serait à vous pendre : vous êtes dépassés, vos successeurs sont vos maîtres.

XIV

Une solution.

Au moment où chacun cherche une issue, ce n'est pas l'heure des équivoques et des solutions de contrebande.

Si la république sombre sous les excès de ses compromettants revendicateurs, il reste absolument comme port la monarchie constitutionnelle dans l'acception des plus légitimes satisfactions aux intérêts démocratiques.

Ce n'est pas trop de ce que les plus illustres, les plus grands souvenirs attachent de majestueux prestiges à M. le comte DE CHAMBORD ; ce n'est pas trop de ce que l'esprit constitutionnel dans ses applications progressistes amène de confiance, de sympathie à la personne de M. le comte de Paris pour remonter le courant. Le fils du duc d'Orléans, héritier de son oncle, mieux encore associé au trône, tous les deux unis, cimenteraient le pacte où la liberté la plus large se marie au principe d'ordre le plus puissant. Voilà la meilleure des républiques, pour emprunter le mot célèbre de M. de Lafayette, Seulement, l'illustre ami de Washington l'appliquait à une branche cadette séparée, ce qui ne peut être une réalité que pour le tronc, dont le sécateur de la révolution ou de l'usurpation n'a détaché aucune branche.

Le pays se trouverait ainsi sous le couvert de la probité, de la morale en action.

Telle est la base sur laquelle les libertés se constituent les unes par les autres.

Qu'est-ce que l'histoire offre à cet égard de plus grand, de plus sûr, que l'hérédité dans le sang des Bourbons?

Les deux branches, tout en gardant leurs caractères distincts, se confondraient dans l'autonomie du droit et de la race.

Arbre magnifique dont un rameau serait

couronné de la majesté des siècles qui éclaire le front de M. le comte de Chambord, l'autre représenterait les espérances de l'avenir dont M. le comte de Paris est le symbole par les souvenirs de son père et de sa belle famille.

Il ne faut pas s'insurger contre cette énonciation, ce serait vouloir abolir l'histoire et oublier les rudes leçons du malheur.

La sécurité du lendemain, voilà ce qu'il faut à la France.

Quant aux princes de hasard, d'astuce comme Napoléon, quant aux présidents de république aux décevants programmes, quant aux périlleux essais des communes, à ces systèmes maladifs, à ces oppressifs proconsuls de la démocratie, à ces loups-cerviers de la démagogie, on les a vus à l'œuvre : tout est dit.

Il ne s'agit pas seulement de la France à préserver, mais de la sécurité de l'Europe.

Français, l'alternative se pose devant vous : sauver par le *droit*, reprendre possession de vous-mêmes ; vous rallier aux intérêts et aux principes communs, à la famille européenne, ou rouler d'illusions en illusions, de cataracte en chute : finalement, vous, vos enfants, vos fortunes, vos libertés, votre nationalité, vous abîmer dans le gouffre sanglant des révolutions.

Si cette évidence, qui apparaît à l'Europe plus visible que la plus haute montagne couronnée d'un incendie, n'éblouit vos yeux, ne touche pas votre cœur, retenez-le, c'en est fait de vous : *Finis Galliæ*.

NOTES JUSTIFICATIVES.

Le Saturne de la Révolution.

On écrit de Paris, le 4, à la *Pall-Mall Gazette* : « Il y eut un vacarme terrible hier soir, dans la rue de Jérusalem, causé par l'état du préfet de police, que l'ivresse avait rendu fou furieux. Quelques-uns des gardes nationaux de garde déclarèrent que Son Excellence (*sic*) se livrait à des ébats qui nécessitaient une intervention immédiate, car il donnait des ordres pour l'arrestation de ses amis, parmi lesquels se trouvent plusieurs membres du Comité central, et la garde nationale était fort alarmée au sujet de la sécurité du gouvernement. Le préfet est un homme d'une grande force physique, ayant eu pour occupation, avant son avènement à sa dignité actuelle, de transporter des barres de fer à une fonderie, besogne qui a fortifié ses muscles sans développer ses facultés intellectuelles.

« Une longue consultation ayant eu lieu, quelques guerriers intrépides ont monté l'escalier de la préfecture, et après une horrible explosion de jurons et de blasphèmes, avec accompagnement de meubles cassés, le monstre a pu être mené hors de sa tannière. Comme c'est un homme colossal, il fallut six gardes nationaux pour le maîtriser, et sa lutte sur l'escalier donna une idée avantageuse de son éducation physique. Sa longue chevelure. rousse ondulait comme une crinière , et il roulait avec fureur ses gros yeux bleus.

« Tandis qu'on cherchait un flacre pour transporter. cet aimable fonctionnaire, on l'enferma dans une chambre du rez-de-chaussée; et quand enfin on eut pu se procurer le flacre désiré, on s'aperçut (spectacle plein d'horreur) que Son Excellence avait mis le temps à profit pour se déshabiller. Il serait oiseux de parler du temps perdu, de la lutte à outrance qu'il fallut engager pour réintégrer le préfet dans ses vêtements; il beuglait comme un taureau furieux quand on le précipita dans le flacre. Les gardes nationaux s'efforcèrent de lui porter les armes, mais leur état n'était qu'un peu moins déplorable que celui du personnage qui hurlait comme une bête féroce, tandis qu'on l'expédiait à Montrouge. Au moment où le flacre partait, le préfet poussa la tête par la portière, en vociférant qu'il réclamait les insignes de ses fonctions; il s'apaisa quelque peu lorsqu'on lui donna son portefeuille, son écharpe officielle, et son habit à queue de morue. Le véhicule, en disparaissant, oscillait comme un navire battu par l'orage , effet probablement des efforts du préfet cherchant à s'échapper. »

M. Degouve-Denuncques a dû fuir Paris pour échapper aux conséquences d'un ordre d'arrestation lancé contre lui, et qui, fort heureusement, avait été confié à des imbéciles qui, après avoir fait un prisonnier, ont eu la maladresse de le laisser échapper.

On connaît l'énergique attitude que M. Degouve-Denuncques a prise sans aucune hésitation vis-à-vis du Comité central et de la Commune qui en est issue. Aussi s'attendait-il à être d'un moment à l'autre l'objet des plus grandes rigueurs de la part d'individus qui sont peut-être encore plus méchants qu'idiots. Il avait cru pourtant devoir rester à Paris pour y assurer le paiement des employés du 10e arrondissement qui, tous, lorsqu'il avait été obligé de quitter cette mairie à la suite de son envahissement par une bande de misérables, déclaraient qu'ils n'y rentreraient que lorsqu'il pourrait y rentrer lui-même. Ce paiement a eu lieu hier matin.

Dans l'après midi, M. Degouve-Denuncques travaillait chez lui lorsque l'on introduisit dans son cabinet deux gardes nationaux qui demandaient à lui parler. Il reconnut immédiatement l'un d'eux comme l'un des chefs de la bande qui avait envahi la maison.

— Vous venez pour m'arrêter? lui dit-il.

— Oui, citoyen! lui fut-il répondu avec un ton des plus menaçants.

— Alors vous avez sans doute un mandat d'amener en bonne forme et un officier de police judiciaire pour l'exécuter?

— Très certainement, citoyen.

Et ce personnage tira de sa poche un chiffon de papier sur lequel on avait tracé ces mots :

« Le comité de la 10ᵉ légion donne l'ordre d'arrêter M. Degouve-Denuncques.   « LEROUDIER. »

Un timbre à l'encre rouge complétait cet étrange mandat d'amener.

— Et vous croyez, dit M. Degouve-Denuncques, que je vais vous suivre sur un pareil ordre? Tenez, voilà le cas que j'en fais.

Et aussitôt le papier fut déchiré et jeté au panier.

— C'est un outrage à la justice du peuple! s'écria le chargé d'affaires de la Commune.

— La justice du peuple! ce serait à la renier et à l'exécrer à toujours si elle n'était que ce que vous voulez en faire.

Toute cette conversation avait eu lieu à très haute voix, et les deux filles aînées de M. Degouve-Denuncques qui travaillaient dans une pièce voisine, l'ayant entendue, étaient allées prévenir leur mère.

— Alors, vous refusez de nous suivre?

— C'est me faire une injure que de me le demander.

— J'emploierai la force.

— Employez-la.

Sur un signe, l'un des deux personnages présents s'était empressé de sortir et d'exécuter l'ordre qui venait d'être donné.

Pendant ce temps, M. Degouve-Denuncques rejoignait sa femme et ses enfants et les rassurait en leur disant : « Ne vous inquiétez pas, c'est une méprise. Je vais aller voir ce qu'on me veut ; tout s'éclaircira.

Et comme son gardien semblait vouloir s'avancer « N'approchez pas ! s'écria-t-il. Si vous ne vous respectez pas vous même, respectez tout au moins une famille honnête. » Et en disant cela à un homme que son attitude décontenançait, il s'engageait dans un couloir par lequel il gagnait l'escalier de service qui conduit aux mansardes de sa maison.

La force armée était arrivée, la baïonnette au fusil. La perquisition commença et fut des plus minutieuses. L'une des chambres qui était fermée à clef fut enfoncée à coups de crosse, et dans cette bagarre, la fille aînée de M. Degouve-Denuncques faillit recevoir un coup de baïonnette, tant la plupart des huit gardes nationaux qui travaillaient ainsi étaient inhabiles à manier leurs armes.

On avait tout fouillé et refouillé ; on n'avait rien trouvé.

— Eh bien ! dit le chef de la bande, s'adressant à madame Degouve-Denuncques, puisque vos demoiselles et vous, avez favorisé l'évasion de M. Degouve-Denuncques, nous allons vous arrête^r et vous conduire en prison.

— Faites ce qu'il vous plaira, nous obéissons à la force. Mais quelle triste idée vous me donnez de votre parti, lorsque je vous vois faire un crime à une femme et à ses enfants d'avoir favorisé l'évasion la femme, de son mari, les enfants, de leur père ! Je ne sais pas où se trouve en ce moment mon mari ; mais, si je le savais, vous me hâcheriez en morceaux plutôt que de m'arracher la honteuse, l'infâme dénonciation que vous me demandez.

Le cortége se mit en marche au moment où sonnaient trois heures. On le compléta en y ajoutant une bonne et le concierge de la maison qu'on accusa d'avoir été de connivence avec l'évadé qui venait de s'échapper, et qu'on avait fait chercher dans la plupart des appartements de la maison.

Il nous en coûte de le dire, mais il faut que nous le constations à la honte de ceux qui se laissent aller en ce moment à de telles défaillances ; pas une protestation ne s'éleva sur le passage de ces prisonniers qui furent conduits ainsi à la mairie au milieu des gardes nationaux qui les escortaient. Là on fit asseoir Madame Degouve-Denuncques et ses filles dans le cabinet même où Monsieur Degouve-Denuncques avait rempli, dans les circonstances les plus difficiles, les fonctions de maire-adjoint.

Ce supplice dura quatre heures, après quoi ces geôliers, qui avaient essayé d'être galants, et qui n'avaient réussi à obtenir que les plus méprisantes invectives, finirent par déclarer à Madame Degouve-Denuncques et à ses filles qu'elles étaient libres et qu'elles pouvaient retourner chez elles.

M. Degouve-Denuncques, pour sortir de sa maison, a dû recourir à un stratagème qui a dérouté complètement les hommes qui le cherchaient. Il s'est déguisé en garde national bellevillois, ce qui lui a permis de passer au milieu de l'ennemi et de gagner une maison voisine du chemin de fer, où il a pu se débarrasser des vêtements ignobles et sordides que, pour assurer sa fuite, il avait été un instant condamné à endosser.

Avant de partir, notre concitoyen avait revu et embrassé toute sa famille.

Nous avons dit que nous tirerions une moralité de ce fait véritablement monstrueux. Ne se présente-t-elle pas d'elle-même à tous les esprits ?

Nous relisions, il y a quelques jours, l'*Histoire de la décadence des Romains*, de Montesquieu : nous n'y avons retrouvé rien de plus abominable que ce que nous venons de raconter.

Où donc la conscience publique s'est-elle réfugiée à Paris, si de semblables infâmies sont possibles sans qu'une seule voix s'élève pour les qualifier et sans qu'aucun effort sérieux soit fait pour empêcher ou punir de pareils actes de banditisme ?

Les représentants de la Commune et ses prétoriens accumulent les horreurs. Ils viennent de mettre à sac l'archevêché et d'arrêter l'archevêque qu'ils menacent de mort.

La somptueuse église de la Madeleine, si riche des dons libres de la foi et de la piété, a été mise au pillage, ainsi que l'église de l'Assomption. On a emprisonné leurs honorables curés dont un, M. de Guéry (1), est connu du monde entier non moins par ses vertus que par le libéralisme de ses doctrines et la charité de ses actes. Il fut l'ami de Chateaubriand et de tous les grands esprits de ce siècle. On voit les prouesses de ces apôtres de fraternité et de liberté. Il n'y a rien de sacré ni la propriété ni la vie. Quelle république que celle où de pareilles bêtes féroces à deux pieds peuvent dévorer la société.

Les voici en train de s'entredévorer.

Le fameux Assy est passé de l'hôtel de ville à la Conciergerie, mais il a trouvé le moyen d'échapper.

Le citoyen Lebeau, également arrêté, est tenu au secret le plus absolu.

Lullier qui avait pris les postes dans la journée du 19 mars et avait commandé en chef, est devenu l'hôte d'une prison, d'où il s'est évadé en faisant tonner la menace et les plus véhémentes accusations.

Au surplus qu'attendre des souverains aux antécédents tels que ceux qui suivent.

Pindi, élu au 3ᵉ, était menuisier.

Lefrançais, du 4ᵉ, ancien instituteur, employé.

Amouroux, du 4ᵉ, chapelier.

Varlin, du 6ᵉ, relieur.

Theisz, du 12ᵉ, ciseleur.

Billioray, du 14ᵉ homme d'affaires.

(1) Il est mort depuis des coups de crosse dont ils l'ont accablé.

Dereure, du 18°, cordonnier.

Oudet du 19°, peintre sur porcelaine.

Ranvier, du 20° peintre sur porcelaine, négociant.

Un journal de ce jour annonce l'arrestation du citoyen Chouteau, ci-devant lampiste à Tours et naguère au faite des grandeurs civiques à l'Hôtel-de-Ville de Paris. Ses collègues auraient découvert le secret... non pas de ses lampes (brevetées s. g. d. g.), mais bien de ses opinions politiques. C'était, paraît-il, un bona-partiste déguisé en sans-culotte pour la circonstance.

Parmi les *honorables* organisateurs de la guerre civile, figure dans les conseils de leur gouvernement un certain X..., que bien des personnes de Tours reconnaîtront en fouillant quelque peu dans leur mémoire, et très connu au « pensionnat de force » de Fontevrault, où il a fait de « longues » et « brillantes études. »

(Union libérale de Tours.)

Le mot de la fin.

Le génie du mal ne s'est jamais montré sous une face aussi hideuse, le démon possède et pousse ces hommes de la Commune.

Se sentant perdus, ils semblent mettre leur gloire à ce que rien ne leur survive.

Pour accomplir cet infernal dessein, ils ont inventé mieux que la guillotine; c'est l'hécatombe en masse de ceux qu'ils veulent détruire en les enrôlant de force; ils doivent périr par la guerre civile.

C'est bien là ce qu'ils ont voulu ; en attendant les pillages vont leur train; c'est pour eux, non pour la patrie qu'ils ruinent, qu'ils font égorger et ils le savent bien.

Quand l'inévitable *sauve qui peut* sonnera, ils se déroberont pour jouir des dépouilles de leurs victimes. Le monde n'avait jamais vu tant d'audace dans la scélératesse.

TABLE DES MATIÈRES.